AF589464

Bruno Osimo

Cantico dei cantici

versione filologica del libro della Bibbia

Copyright © Bruno Osimo 2020

Titolo originale dell'opera: שיר השירים

Traduzione dall'ebraico di Bruno Osimo

Bruno Osimo è un autore/traduttore che si autopubblica

La stampa è realizzata come print on sale da Kindle Direct Publishing

ISBN 9788898467990 per l'edizione cartacea

ISBN 9788898467167 per l'edizione elettronica

Contatti dell'autore-editore-traduttore: osimo@trad.it

Sommario

Prefazione

I libri che compongono la Bibbia hanno subìto l'amaro destino di una coperta che ogni religione tira dalla propria parte per dimostrare questa o quella tesi. Non c'è come essere decretato «sacro» perché un testo abbia un destino traduttivo segnato, segnato da scelte traduttive improntate a una tesi ideologica del tutto estranea al testo vero e proprio.

Tutti i traduttori, volenti o nolenti, coscienti o inconsapevoli, nel proprio lavoro hanno una tesi ideologica che vogliono dimostrare. Ma si spera che in generale sia una tesi intratestuale, ossia radicata nella loro interpretazione del testo, e non extratestuale, ossia radicata altrove, nella necessità di fare una crociata di cui il metatesto diviene un pretesto.

Anch'io, confesso, ho una piccola tesi: quella di mostrare la possibilità di una traduzione curiosa delle circostanze che hanno determinato l'esistenza di questo testo. Circostanze fattuali, quindi non ideologiche. Curiosità descrittiva. Per questo le numerose ambiguità sono state risolte a vantaggio della plausibilità non ideologica ma descrittiva, fabulistica. Anche se la fabula è debole per non dire inesistente.

Di errori ce ne sono di sicuro, sia perché la mia conoscenza dell'ebraico è limitata, sia perché – credo – anche chi conoscesse l'ebraico alla perfezione avrebbe più di una possibilità alternativa di decifrazione.

Invito quindi la lettrice e lo sparuto lettore a leggere come vuole, sperando di produrre suggestioni, e a scrivermi all'indirizzo indicato nel libro anche per segnalarmi divergenze d'opinione, suggerimenti, correzioni e chi più ne ha più ne scriva.

Buona lettura!

Deiva, 17 febbraio 2020

1

Poema dei poemi che è di Shlomò

«Che lui mi baci dei baci della sua bocca perché il tuo amore è buono più del vino»

I tuoi oli sono buoni per fare profumo, il tuo nome è olio travasato e quindi le fanciulle ti amano.

Tirami, dietro di te correremo.

Mi ha portato il re nelle sue stanze, gioiamo e siamo felici in te, ricorderemo i tuoi amori più del vino le persone rette ti amano.

Sono nera e bella fra le ragazze di I'rushalayim.

Come le tende di Kedar, come i drappi di Shlomò.

Non guardatemi che sono nerastra, perché mi ha abbronzato il sole.

I figli di mia madre hanno rantolato con me mi hanno messo a prendermi cura delle vigne, delle mie vigne non mi sono curata.

Dimmi tu che la mia anima ama dove pascolerai e dove riposerai a mezzogiorno.

Ché dovrei essere come una velata intorno al gregge dei tuoi amici?

Se non lo sai, bella fra le donne, esci dietro sulle orme del gregge e pascola i tuoi capretti vicino alle tende dei pastori.

Alla mia cavalla dei carri del faraone ti paragono, amata mia;

avvenenti sono le tue guance con le ghirlande, il tuo collo con gli ossi bucati.

Ti faremo ornamenti d'oro con punti d'argento

finché il re è al suo tavolo il mio nardo ha dato odore

sacchettino di mirra il mio amato a me tra i miei seni si stenderà

un grappolo di henna il mio amato a me nelle vigne di "Ein Ghedi

sei bella amore mio sei bella i
tuoi occhi sono piccioni
sei bello amato mio e anche
piacevole e il nostro giaciglio è
rorido
le travi della nostra casa sono
cedri, le tavole cipressi.

2

Sono un giglio del Sharòn, una rosa delle valli
come una rosa tra i cardi così è la mia amata fra le fanciulle.
come un melo negli alberi della foresta così il mio amato tra i ragazzi
Alla sua ombra ho provato desiderio e mi sono seduta e il suo frutto è dolce al mio palato.
Mi ha portato alla casa del vino e il suo stendardo sopra di me è amorc.
Sostienimi con dolci all'uvetta, fòderami di mele perché sono malata d'amore.

Il suo braccio sinistro è sotto la mia testa e il destro mi abbraccia.
Voglio che giuriate, fanciulle di I'rushalayim, sulle gazzelle e sui cervi dei campi di non svegliare e di non agitare l'amore finché non ha voglia.
La voce del mio amato eccola che viene saltando sulle montagne balzando sulle colline.
Assomiglia il mio amato a una gazzella o a un cerbiatto, eccolo che sta dietro il nostro muro, controlla dalle finestre, sbircia dalle fessure.

Il mio amato mi ha risposto e ha detto: Àlzati mia amata mia bella e va'.
perché ecco l'inverno è trascorso, la pioggia è passata, se n'è andata.
I boccioli si vedono sulla terra, il tempo dell'usignolo è arrivato e la voce della tortora si sente nella nostra terra.
Il fico è carico di frutti acerbi e le viti in germoglio hanno portato profumo; àlzati moglie mia, bella mia, e va'

Mia picciona, nelle fessure delle rocce, nel passaggio in profondità, fammi vedere la faccia, fammi sentire la tua voce: dolce è la tua voce, la tua faccia gradevole.

Catturàteci le volpi, le volpi piccole distruttrici delle vigne e delle vigne in fiore.

Il mio amato è mio e io sono di lui, che pascola il gregge tra i gigli.

Finché il giorno respira, e le ombre sono fuggite, abbracciami amato mio e sii come una gazzella o un cerbiatto sopra le mie colline ondulate di spezie.

3

Nel mio giaciglio le notti ho desiderato quello che la mia anima amava, l’ho cercato e non l’ho trovato,

ora mi alzerò, girerò per la città, per le vie e per i mercati, cercherò te, l'amore che ho in mente, che ho cercato e non ho trovato.
Hanno trovato me, i guardiani, che girano per la città: quello che io amo nella mia mente avete visto?
Non appena li ho oltrepassati, che ho trovato l'amore dell'anima mia; l'ho afferrato e non l'ho mollato finché non l'ho portato a casa di mia

madre, e nella camera dove lei mi ha concepito.
V'incarico, figlie di I'rushalayim, davanti alle gazzelle e davanti ai cervi del campo: non svegliatelo e non suscitatelo l'amore finché non ve ne verrà voglia.
Chi è quella che viene dal deserto come colonne di fumo: con incenso mirra e olibano, con tutte le polveri dell'ambulante?
Ecco, è il letto di lui di Shlòmo – sessanta maschi intorno a lui: i maggiori di Israèl.
Tutti afferrano la spada, sono studiosi della guerra; l'uomo

ha la sua spada accanto alla sua coscia, per la paura nelle notti. Una portantina si è fatto il re Shlomò di legno di Libano, i montanti ha fatto d'argento, il rivestimento d'oro, il sedile di porpora, l'interno foderato d'amore delle figlie di I'rushalayim.

Partite e guardate, figlie di Tzion, al re Shlòmo – alla corona, che l'ha incoronato la mamma di lui nel giorno del suo matrimonio e nel giorno della gioia del suo cuore.

4

Ecco sei bella mia amore, ecco sei bella – i tuoi occhi sono piccioni, da dietro i tuoi ricci; i tuoi capelli sono come una mandria di capre, che scivolano dal monte Ghil"ad.
I tuoi denti sono come una mandria di tosate venute su dal bagno: che tutte hanno gemella, e che sterile non ce n'è tra loro.
Come un cordone di scarlatto le tue labbra e il tuo discorso sono attraenti come uno spicchio di melograna le tue tempie da dietro i tuoi ricci
come la torre di Davìd il tuo collo costruito con file, mille

scudi, appesi sopra a tutte le armature degli eroi.

I due tuoi seni sono come due cerbiatte che sono gemelle, cerve che pascolano tra le rose

Fino a che respira il giorno, e scappano le ombre, camminerò sopra la montagna della mirra e fino al colle dell'olibano.

Sei tutta bella amore mio, e macchia non c'è in te.

Con me da L'vanon mia moglie vieni a mirare dalla cima di Amana dalla cima di Sh'nir e di Hermon dalla tana dei leoni dai monti dei leopardi.

M'hai rapito il cuore, mia sorella, mia moglie; m'hai rapito il cuore con uno dei tuoi occhi, con una catena del tuo collo
Quanto bello il tuo amore, mia sorella, mia moglie! quanto più buono è il tuo amore del vino e l'odore dei tuoi oli di tutte le spezie
miele gocciolante scorre dalle tue labbra, mia moglie, miele e latte sotto la tua lingua e l'odore delle tue vesti è come l'odore di L'vanon.
Un giardino chiuso a chiave è la mia sorella moglie, un'onda chiusa a chiave, una fonte

sigillata.

I tuoi germogli sono un parco di melograni, con frutti eccellenti, henna con nardo.
Il nardo e lo zafferano, la canna e la cannella, con tutti gli alberi di olibano, mirra e aloe, con tutte le principali spezie.
Una fonte di giardini un pozzo di acque della vita e di ruscelli dal L'vanon.
Sveglia nord e vieni a sud – soffia sul mio giardino ché fluiscano le spezie dentro il mio amato nel suo giardino e mangi frutti a lui eccellenti.

5

Sono venuto nel mio giardino, mia sorella sposa, ho colto la mia mirra con la mia spezia, ho mangiato il mio favo col mio miele, ho bevuto il mio vino col mio latte. Mangiate amici bevete e bevete in abbondanza miei cari.

Sto dormendo, ma il mio cuore è svegliato: la voce del mio amato bussa! Apri! sorella mia, amore mia, picciona mia perfetta mia, che la mia testa è piena di rugiada della notte, le mie ciocche di frammenti della notte.
Mi sono spogliata della mia tunica – come rimetterla? Mi

sono fatta il bagno ai piedi – come sporcarmeli?
Il mio amato ha spinto la sua mano dal buco e le mie viscere hanno ruggito sopra di lui.
Mi sono alzata ad aprire al mio amato – e le mie mani colavano mirra, e le mie dita emanavano mirra sulla maniglia della serratura.

Ho aperto al mio amato – e il mio amato se n'è andato non c'è più! La mia anima è uscita quando parlava. L'ho cercato e non l'ho trovato l'ho chiamato e non ha risposto.
Ho trovato le guardie che girano nella città m'hanno

colpito m'hanno castrato, m'hanno strappato il velo le guardie delle mura.
V'incarico, figlie di I'rushalàyim, se trovate il mio amato, cosa direte a lui? che malata d'amore sono.
Cosa il tuo amato è più dell'amato, oh bella nelle donne che cosa il tuo amato è più dell'amato che così c'incarichi?
Il mio amato è puro e rosso, il maggiore su diecimila.
La sua testa è come oro più fino, i suoi ricci sono grappoli di datteri neri come il corvo.
I suoi occhi sono come piccioni sopra a rive a picco

d'acqua, bagnati nel latte fermi sopra al confine.
Le sue guance sono come un letto di spezie, fiori – erbe aromatiche, le sue labbra sono rose che colano mirra fragrante.
Le sue mani sono falangi d'oro piene di acquamarina, la sua pancia è avorio intagliato incastonato di zaffiri.
Le sue cosce sono colonne di marmo fondate sopra piedistalli d'oro, il suo aspetto è come L'banòn, scelto come cedri.

Il suo palato è dolcissimo e tutto lui è desiderabile. Questo è il mio amato e questo è il mio amico, figlie di I'rushalàyim.

6

Dove è andato il tuo caro, la bella nelle donne; dove ha diretto la faccia il tuo caro, e lo cerchiamo con te.
Il mio caro è sceso al suo giardino, ai letti di aromi a pascolare, nei giardini, e a raccogliere rose.
Io sono al mio caro e il mio caro è a me, che si pasce nelle rose.
Bella tu sei mia compagna come Tirtzah, attraente come I'rushalayim: temibile, come portatrici di stendardi.
Gira i tuoi occhi da davanti a me, che loro sono tempestosi per me; i tuoi capelli sono

come un gregge di capre che sono scese da Gil"ad.
I tuoi denti sono come un gregge di pecore che sono salite dal lavaggio; che tutte sono gemelle, e sterile non ce n'è nessuna in loro.
Come una fetta di melograna è la tua tempia, da dietro i tuoi ricci.
Sessanta sono regine, e ottanta concubine; e le vergini sono senza numero.
Una è lei, picciona mia, perfetta mia – una è lei di sua madre, pura lei che l'ha partorita; la vedono le figlie e l'hanno chiamata benedetta, le

regine e le concubine e l'hanno lodata.
Chi è quella che guarda avanti come l'alba; bella è come la bianca, pura come la luce del sole – temibile come le portatrici di stendardi.
Sopra il giardino di noci sono sceso, a guardare la gemmatura del torrente, a guardare la fruttificazione della vite, la fioritura dei melograni.
Non sapevo, la mia anima mi ha messo come i carri del mio popolo principesco.

Ritorna ritorna, Shulamìt – ritorna ritorna, e osserva dentro che cosa vedrai in

Shulamìt come la danza di due eserciti

7

Che belli i tuoi passi in sandali, figlia di principe; le curve delle tue cosce sono come ornamenti fatti da mano d'artigiano.
Il tuo ombelico è una coppa rotonda in cui non manca il vino; la tua pancia è un mucchio di frumento circondato di rose.
I due seni tuoi sono come due cerbiatte gemelle.
Il tuo collo è come una torre d'avorio; i tuoi occhi sono le piscine a Kheshbon, sopra la porta di Bat-Rabim – il tuo naso come la torre di L'vanon che fa la guardia verso Damasheq.

La tua testa sopra di te è come Carmél, e le crescite della tua testa sono come porpora – il re è prigioniero nelle gallerie.
Che bella, e che piacevole sei, amore, nelle deliziosità.
Questa tua altezza è come un albero di dattero, e i suoi seni sono come grappoli.
Ho detto: salirò sul dattero, afferrerò la base delle sue fronte; e siano per favore i tuoi seni come grappoli della vite, e l'odore del tuo naso come mele e il tuo palato come vino buono che va al mio amato diretto, fa muovere leggermente le labbra di quelli che dormono.

Io sono del mio caro, e sopra di me è il desiderio di lui.

Vieni, mio amato, usciamo nel campo – abiteremo nei villaggi.

Alziamoci presto per andare alle vigne – vediamo se è fiorita la vite s'è aperto il boccio, se sono fioriti i melograni; là darò la mia carezza, a te. "Andiamo presto, alle vigne – vedremo se è fiorita la vite se è comparso il grappolino, se hanno buttato i melograni; là ti darò i miei amori.

Le mandragole portano profumo, e sopra le nostre porte tutti i piacevoli-nuovi, anche vecchi, mio caro li ho messi via per te.

8

Chi ti darà come fratello mio, ha succhiato i seni di mia madre! Quando ti trovo all'aperto ti bacio, neanche mi sgrideranno.

Ti guiderò, ti porterò a casa di mia madre, che m'imparerà; ti farò bere del vino di spezie dal succo della mia melograna.

La di lui mano sinistra sotto la mia testa, la di lui mano destra mi abbraccia.

V'incarico, figlie di I'rushalàyim: qualsiasi cosa ecciti e qualunque cosa risvegli l'amore, finché lo desidererà.

Chi è questo che sale dal deserto, che si sporge sopra la persona cara; sotto il melo ti ho eccitato – là ha travagliato per te tua madre, là ha travagliato e ti ha partorito.

Mettimi come un sigillo sopra il tuo cuore, come un sigillo sopra il tuo braccio – perché è forte come la morte – l'amore, dura come la fossa la gelosia : le braci là sono braci, fuoco una fiamma di Jah.

Acque diverse non hanno potuto saziare l'amore, né le alluvioni annegarlo; se portasse un uomo tutta la ricchezza di casa sua nell'amore – il disprezzo, sarebbe disprezzato.

Una sorella abbiamo piccola, e seno non ha; cosa faremo per

nostra sorella il giorno che si parlerà per lei?
Se lei è un muro, costruiamo su di lei un castello d'argento – e se è una porta la bloccheremo con tavole di cedro.
Io sono un muro, e i miei seni sono come torri – allora sono stata agli occhi di lui come una che trova pace.
Una vigna aveva Shlomò a Ba"al Hamon – ha dato la vigna a guardiani – l'uomo ha portato per il suo frutto mille argenti.
La mia vigna è mia è di faccia a mille a te, Shlomò, e duecento ai guardiani del suo frutto.

Donna che siede nei giardini,
gli amici ascoltano alla tua
voce – fammi sentire.
Sbrìgati mia cara, e sii come
una gazzella o una cerbiatta –
sopra le montagne di spezie.

Dello stesso editore

Poesia

Osip Mandel'štàm, Pietra (edizione cartacea: La Vita Felice)
Osip Mandel'štàm, Tristia. Secondo libro (edizione cartacea: La Vita Felice)
Osip Mandel'štàm, Quaderni di Mosca (edizione cartacea: La Vita Felice)

Anna Achmàtova, Stormo bianco (edizione cartacea: La Vita Felice)
Anna Achmàtova, Rosario (edizione cartacea: La Vita Felice)
Anna Achmàtova, Sera (edizione cartacea: La Vita Felice)
Anna Achmàtova, Tutte le poesie

Marina Cvetàeva Mestiere (edizione cartacea: La Vita Felice)
Marina Cvetàeva Accampamento dei cigni-Separazione (edizione cartacea: La Vita Felice)
Marina Cvetàeva Verste. Poesie 1916-1920 (edizione cartacea. La Vita Felice)
Marina Cvetàeva È ora di spegner la lanterna. Ultime poesie 1936-1941

Aleksandr Blok Bolle di terra - Viola notturna - Maschera di neve
Aleksandr Blok Crocevia (edizione cartacea: La Vita Felice)
Aleksandr Blok Città (edizione cartacea: La Vita Felice)
Aleksandr Blok Poesie sulla bellissima dama
Aleksandr Blok Ante Lucem

Dino Campana Tutte le poesie
Vladìmir Majakovskij Tutte le poesie (1912-1930)
T.S.Eliot Canzone d'amore di J. Alfred Prufrock
Cantico dei cantici
Bruno Osimo Spazio intorno allo squalo
Bruno Osimo Poesie dall'ospedale psichiatrico

Bruno Osimo Poesie apocrife di Anna Ahmàtova
Bruno Osimo A Silva
Bruno Osimo Per tenerti la mano tra coyote e cinghiale
Bruno Osimo Sguardi rubati ; Gianpaolo Tescari
Bruno Osimo Bolle d'accompagnazione
Bruno Osimo Proposta sibillina
Bruno Osimo Ce l'hai scarico da un pezzo
Bruno Osimo Sei un vaso di fiori di campo
Bruno Osimo La scoiattola d'autunno

Semiotica

Bruno Osimo Semiotica semplice
Bruno Osimo Semiotics for Beginners
Bruno Osimo Semiotica per principianti
Lev Vygótskij, Pensiero e parola
Charles Sanders Peirce Filosofia della mente
Jurij Lotman Il testo nel testo
Jurij Lotman Le tre funzioni del testo
Jurij Lotman Autocomunicazione: «Io» e «Un altro» come destinatari
Jurij Lotman Le mie memorie 1922-1940
Jurij Lotman La semiosfera: culture
Jurij Lotman La cultura e l'intelligentnost'
Jurij Lotman Il ruolo dell'arte nella cultura
Jurij Lotman Asimmetria e dialogo
Jurij Lotman Il modello della struttura bilingue
Peeter Torop La semiotica della cultura. Introduzione alla scuola di Tartu fondata da Lotman.
Peeter Torop Biografia privata di Lotman attraverso gli autoritratti. Il discorso interno di uno studioso
Peeter Torop La transmedialità dell'autocomunicazione della cultura
Peeter Torop Sugli inizi della semiotica della cultura alla luce delle tesi della scuola di Tartu-Mosca

Opere di Gógol'

La lettera scomparsa
Notte di maggio ovvero L'annegata

La sera della vigilia di Ivàn Kupàla
La fiera di Soróčinci
Memorie di un pazzo

Opere di Solženìcyn

L'arresto. Vivere e morire ai tempi dei gulag
L'istruttoria. Torture, false confessioni, gulag
Storia delle fogne russe. Ondate di deportazione in gulag
La donna in lager. Vita quotidiana nei gulag

Opere di Čechov

Dùšečka
Zio Vanja
Tre sorelle
Il gabbiano
Il giardino dei ciliegi (L'amareneto)
L'insegnante di lettere
Dama con cagnolino: racconto
Casa con mezzanino (racconto di un pittore)
Racconto della signora X
L'isola di Sachalìn
La dacia nuova
A proposito dell'amore
I mužikì
Alle feste di Natale
Per affari di servizio
Nel baratro
Tre anni
Il duello
Ionyč: racconto
L'arciereo: racconto
La sposa: racconto
Kaštanka: racconto
Ragazzi: racconto
Principessa: racconto

Opere di Tolstój

Imparare a scrivere dai bambini
Infanzia
Non uccidere nessuno
Non posso stare zitto Contro la pena di morte
Su ciò che viene chiamato «arte»
Il Vangelo spiegato ai bambini
Il parassitismo
Sonata «Kreutzer»
Il desiderio sessuale
Religione e morale
Perché la gente si droga?
Perché non mangio la carne

Opere di Dostoevskij

Notti bianche
Memorie dal sottosuolo
Il villaggio di Stepànčikovo e i suoi abitanti

Opere di Leskóv

L'ebreo in Russia
Il pellegrino incantato. Il mancino
L'angelo sigillato. L'ebreo in Russia

Opere di Bulgàkov

Comune operaia № 13
Il mago nero
Ho ucciso e altri racconti

Opere di Pùškin

Evgénij Onégin

Fiabe popolari

Sivko-burko
Fiaba su Ivàn-zarévič, sull'uccello-brace e sul lupo grigio
Vasilìsa la bellissima. La sorellina volpina. Ivàn Zarévič

Sulla traduzione

Peeter Torop Total Translation
Vlahov Florin The Translation of Realia
B., S.A. Osimo Cognitive distortion, translation distortion, and poetic distortion as semiotic shifts
Bruno Osimo On Psychological Aspects of Translation
Bruno Osimo Literary translation and terminological precision: Chekhov and his short stories
Bruno Osimo Basic notions of Translation Theory
Bruno Osimo Translation Studies. Contributions from Eastern Europe
Bruno Osimo Handbook of Translation Studies
Bruno Osimo Juri Lotman's Translation Handbook
Bruno Osimo Dictionary of Translation Studies
Bruno Osimo History of Translation
Bruno Osimo Roman Jakobson's Translation Handbook
Bruno Osimo The Translation of Culture
Bruno Osimo Prototext-metatext translation shifts
Anton Popovič La scienza della traduzione
Peeter Torop La traduzione totale
Aleksandar Lûdskanov Un approccio semiotico alla traduzione
Vlahov Florin La traduzione dei realia
Revzin Rozencvejg Manuale di semiotica della traduzione
Jiří Levý La creatività linguistica e letteraria del traduttore
Jiří Levý Stile letterario e stile traduttivo. Come si forma il traduttese
Zuzana Jettmarová Teoria ceca della traduzione
B., S.A. Osimo Distorsione cognitiva, distorsione traduttiva e distorsione poetica come cambiamenti semiotici
Bruno Osimo Manuale del traduttore di Giacomo Leopardi
Bruno Osimo Peeter Torop per la scienza della traduzione

Bruno Osimo La traduzione totale. Spunti per lo sviluppo della scienza della traduzione
Bruno Osimo Teoria della mediazione linguistica
Bruno Osimo Traduzione come metafora, traduttore come antropologo
Bruno Osimo La memoria della cultura: traduzione e tradizione in Lotman
Bruno Osimo Traduzione e nuove tecnologie
Bruno Osimo Terminologia semiotica e scienza della traduzione
Bruno Osimo La lingua non salvata
Bruno Osimo Traduzione giuridica e scienza della traduzione
Bruno Osimo Traduzione della cultura
Bruno Osimo Traduzione letteraria e precisione terminologica
Bruno Osimo Traduzione e qualità
Bruno Osimo Traduzione: aspetti mentali
Bruno Osimo La traduzione totale di Peeter Torop

Fuori collana

Federico Bario Come batteva il tamburo
Aleksandr Ânov Le origini dell'autocrazia
Anatolij Rybakov Gli anni del grande terrore
Raffaello Giovagnoli Spartaco
Mihail Arcybašev Sangue
Mikhail Artsybashev Blood
Julija Voznesenskaja Decamerone delle donne
Solomon Volkov Pietroburgo. Storia culturale
Solomon Volkov Šostakovič e Stalin: l'artista e lo zar
Howard Rheingold Comunità virtuali
Bruno Osimo Il poeta in affari veniva da molto lontano
Bruno Osimo Esercizi di stile traduttivo
Bruno Osimo Melanzane dall'antipasto al dolce
Bruno Osimo Dizionario di psicoanalisi
Lucilla Porta, Una sorta di affetto. Romanzo
Tamara Nigi, Stazioni di transito. Haiku scritti sull'acqua
Poesia nascosta. Seicento ricette di cucina ebraica in Italia
Graziella Colonna, Memorie 1927-2024